Les Géants chauves

Gabriel Tarde

La Revue bleue, 1892

LES GÉANTS CHAUVES

Conte.

C'était en l'an de grâce 1992. On doit faire remonter à cette date précise le premier germe de la plus merveilleuse révolution qui ait régénéré notre espèce. À la fin d'avril, par un beau jour, se promenait dans un parc seigneurial du midi de la France un illustre agronome philanthrope, éleveur et réformateur, nommé Samuel Zède.

La France alors avait fructueusement employé les loisirs inespérés d'une longue paix à se payer le luxe de quelques petites guerres civiles ; divisée en une douzaine de républiques universelles, elle retournait, sous le nom de libertés communales, aux vexations féodales. Mais les Français, toujours spirituels, se réjouissaient d'être vengés par le grand czar Nicolas V ou VI, qui, après avoir emporté Berlin d'assaut et vassalisé l'empire d'Allemagne, étendait sa domination jusqu'aux bords du Rhin.

Plus soucieux de nos vrais intérêts, Samuel méditait en se promenant sur ce déluge moscovite. Il prêtait peu d'attention aux chants des oiseaux, à la pureté de l'air et du ciel, et à la limpidité d'une belle rivière qui passait aux pieds du château, emportant dans son cours de grandes barques escortées d'une file de batelets ; car la destruction graduelle des chemins de fer, résultat du morcellement territorial, avait rendu à la navigation fluviale son ancienne prospérité. Notre docteur était fort peu poète, quoique rêveur au suprême degré, et même assez chimérique. Cependant, ce jour-là, il sembla plus frappé que d'ordinaire de la beauté de la nature. Il venait de faire sa tournée habituelle dans sa basse-cour, sa grange et son parterre de fleurs rares. Il avait donné un regard de paternelle admiration à ses beaux bœufs si gras qu'ils en étouffaient, à ses chevaux de course maigres et efflanqués comme le cheval de l'Apocalypse, à ses magnifiques porcs tellement ensevelis dans leur embonpoint que leur petite queue en spirale servait seule à les faire reconnaître. Il avait aussi jeté un coup d'œil sur sa volière, où s'empâtaient les plus beaux mulâtres de l'univers, et sur son chenil, où hurlaient de temps à autre des chiens courants aux oreilles si longues que, en les secouant pour chasser leurs puces, ils faisaient un bruit de castagnettes espagnoles. Enfin, ses tulipes, ses roses doubles, ses dahlias extravagants, toute l'étincelante écume de sève et de vie que versait en cascades irisées chacune de ses plates-bandes, avaient obtenu de lui un sourire de satisfaction.

Mais, cela vu, il redevint songeur et s'égara dans la forêt ; et, arrivé à une clairière, il s'arrêta près d'un églantier. Devant lui s'ouvrait une des jolies fleurs si simples de l'arbuste épineux ; la pure corolle aux cinq pétales à peine roses, et, suivant le langage du poète, « pâles comme une joue dont l'amour a bu les couleurs, » lui offrait timidement sa coupe légère, telle que le ciel en présente souvent aux plus malheureux le long du sentier de la vie. Pour la première fois, le docte songeur parut remarquer cette beauté si peu compliquée ; la comparant à ses roses doubles, il réfléchit profondément, et, d'idée en idée, de comparaison en comparaison, je vais vous dire le chemin que fit sa pensée :

« Tel est donc, se disait-il, le thème originel de toutes les variations des horticulteurs ; cette rose si pâle, si virginale, est la mère de toutes nos roses opulentes et provocantes. Quand je la rapproche cependant de la rose que j'observais tout à l'heure, que de contrastes ! Toute trace de parenté a disparu. Il y a un monde, un infini entre elles. Et, maintenant, si je fais un autre parallèle, si je me compare, moi savant, moi lettré, à ce paysan rustre et ignorant avec qui je causais avant de venir, soyons franc : l'intervalle entre lui et moi est-il égal à celui de ces deux fleurs, dont l'une est cultivée et l'autre ne l'est pas ? Immensément moindre, assurément ! Les étamines de la fleur simple se sont transformées en pétales dans la fleur double : mais c'est un prodige ; mais c'est comme si les bras de ce paysan s'étaient transformés en une paire d'ailes de chérubin attachées à mes flancs !

Or, je n'en puis douter, je ne vole point, et j'ai lieu de penser que, sauf quelques différences à son avantage, cet homme-nature est conformé comme moi, fils de la culture. S'il est sans doute plus envieux que moi, et moi peut-être un peu plus égoïste que lui, malgré ma philanthropie, cela tient à ce que je possède et à ce qu'il veut posséder. Et cela ne tire point à conséquence. Il croit aux sorcières, et j'ai cru aux tables tournantes. Son agriculture est un peu plus routinière que la mienne, mais, en compensation, elle est beaucoup moins ruineuse. Enfin, nous nous équivalons à très peu près. La puissance de l'éducation a donc une portée bien plus restreinte sur nous que sur les autres êtres, et les transformations que l'homme parvient à opérer en lui-même ne sont rien auprès de celles qu'il opère autour de lui.

Mais allons plus loin. Ce canard sauvage que je vois là-bas diffère étrangement des canards de nos basses-cours, ses congénères. Il en diffère plus que je ne diffère du paysan en question. En revanche, il en diffère moins que l'églantier que j'ai sous les yeux ne diffère de la rose double de mon parterre. En poursuivant ces rapprochements, je crois qu'on arriverait aisément à formuler cette loi : Plus un être vivant est éloigné de l'homme (le canard, sans doute, en est moins éloigné que la rose), plus l'homme le transforme radicalement ; d'où il suit que, de tous les êtres vivants, l'homme est celui que l'homme est le plus impuissant à transformer.

Toutefois, il n'en devrait pas être ainsi. Et cette loi n'est qu'un avertissement adressé à nos révolutionnaires. Qui se tiendrait de rire, en effet, de leurs prétentions et de leur emphase confrontées avec leurs résultats ! Ne dirait-on pas qu'ils nous ont déjà dotés de l'œil additionnel de Considérant, parce qu'ils ont substitué leurs personnalités à d'autres nullités sur les sièges gouvernementaux ? Il n'est pas de secrétaire d'avocat, remis à flot par un coup de main révolutionnaire de son patron, qui ne croie de bonne foi son pays régénéré, se sentant lui-même quelque peu refait. Avec tout cela, nous marchons toujours sur nos deux jambes, la goutte en plus ; et toutes ces régénérations successives, qu'on nous donnait pour des transfusions de sang, n'en ont jamais été, en définitive, que des effusions, hélas ! Les plus vrais révolutionnaires sont ceux qui ont inventé la truelle, la meule, la presse à imprimer, le télescope, la locomotive ; ils ont introduit dans notre existence et notre condition, sinon dans notre nature, quelques changements assez notables, et considérablement exagérés. Et encore, qu'est-ce que cela, des couteaux de fer au lieu de grattoirs de silex, et des locomotives au lieu de diligences, quand je songe aux étamines de mon églantier devenues pétales dans une fleur double ? Et si on appelle ces modifications industrielles des progrès, le passage d'un monde à l'autre, la divinisation graduelle de l'humanité, — comment qualifiera-t-on la révolution végétale dont il s'agit ?

Je consens qu'on se pâme devant le chiffre cabalistique de 1789 et que l'on considère tout ce qui précède comme antédiluvien. Mais qu'on m'apprenne ce qu'il y a de paléontologique dans les crânes de nos ancêtres, et en quoi le transformisme de nos savants trouve à s'appliquer dans cette révolution tant soit peu surfaite ? Révolution est un mot prétentieux appliqué aux changements de chemise de l'espèce humaine ! Il en est qui sont des bains plus ou moins utiles, parfois des bains de Pélias, plus souvent des bains maures, accompagnés de frictions très rudes. Mais, à part les écorchements, la peau ne change pas ou change à peine.

Le jour où l'homme dériva du singe, si l'on admet la chose, ce jour-là il se fit vraiment une révolution digne de ce nom. Mais, depuis lors, il ne s'est fait que des pastiches. Quand on songe à la timidité de nos radicaux, on est ébahi. Moïse apprend aux Hébreux la circoncision, Mahomet les ablutions aux Arabes, Lycurgue aux Spartiates le brouet noir ; et ce sont là les plus radicales réformes. Les principales révolutions humaines se sont certainement opérées dans les costumes ; et, du cuissard au pantalon, il y a sans contredit beaucoup plus loin que de Barberousse à l'empereur Guillaume (Dieu ait son âme !). On se demande pourquoi les chemisiers, les chapeliers et les tailleurs n'ont été jamais appelés à jouer un rôle politique.

Il est évident que, en dépit de toutes ces tentatives avortées, la nature humaine est une matière première que personne encore n'a su manufacturer. On en a fait le tour, on l'a attaquée indirectement par l'éducation (les plus hardis et les plus grands ont procédé de la sorte), ou simplement par une modification du régime politique, alimentaire ou intellectuel. Mais qui a pris résolument le taureau par les cornes ? Qui a traité la bêtise humaine, l'imbécillité humaine, notre plaie incurable, comme on traite la fièvre par la quinine, c'est-à-dire directement et par son spécifique ? Personne, je le répète, personne…

En sorte que le cerveau, cette fleur de nos âmes, cette corolle délicate dont notre crâne est l'épais calice et notre colonne vertébrale la tige grossière, attend toujours son horticulteur ! Lycurgue épurait la race, mais d'une manière détournée, par une sélection artificielle, à la Darwin, des plus beaux enfants. Gall — un précurseur, celui-là ! — a visé le problème, mais il ne l'a point résolu. Il a divisé et carrelé le cerveau comme un potager ; mais, outre qu'il y a fort à retoucher à sa mosaïque, s'est-il préoccupé du point essentiel, à savoir le mode de culture de chacun de ces carreaux, le moyen de développer artificiellement les bosses qu'il a découvertes ? Y pensez-vous ! Il ne l'eût point osé, quand même il l'eût pu ! Et il y a eu des poètes pour se scandaliser des hardiesses de l'*Audax Japeti genus !* Eh quoi ! tous les savants ont trouvé tout simple pendant longtemps d'admettre que le crâne est le résultat du renflement et de la soudure de quelques vertèbres, et nous désespérerions de pouvoir renfler un peu plus certaines parties de cet organe ! Quand nous occuperons-nous de chercher la clef de ce coffre-fort de nos pensées et de nos âmes ?

Chose prodigieuse ! Un misérable insecte, un cynips, qui n'a point fait l'anatomie d'une feuille de chêne ou d'une tige d'églantier (j'en vois un là justement), n'a qu'à mordre cette feuille ou cette tige, à y sécréter une petite liqueur, et dans quelques jours elle grossit, grossit à vue d'œil, devient énorme, j'allais dire hydropique. Et nous qui avons disséqué le cerveau, qui fabriquons même des cerveaux mécaniques, nous n'avons pas encore distillé dans nos laboratoires la liqueur précieuse, qui, versée dans une des bosses du crâne, lui prêterait une tuméfaction subite, accompagnée d'un développement extraordinaire de la faculté mentale correspondante ! — Je me trompe ; nous avons trouvé quelque chose d'approchant : le café. Mais son effet n'est ni localisé ni durable. Aussi n'est-il bon qu'à nous donner la légitime espérance de trouver mieux.

Eh bien, s'il en est ainsi, que m'importent mes granges et mes basses-cours, mes chenils et mes serres chaudes ; ne dois-je pas rougir de savoir grossir à volonté les épaules de mes bœufs, le ventre de mes verrats, et allonger les oreilles de mes chiens, si je suis impuissant à développer d'un demi-centimètre la moindre protubérance crânienne d'un de mes enfants ?

Me dira-t-on que les longs siècles écoulés sans nulle transformation cérébrale font obstacle à une régénération subite du cerveau humain ? Mais il n'en est rien. L'analogie répond du contraire. Durant des millions d'années, la primevère de Chine était restée simple jusqu'au jour où, au siècle dernier, il prit fantaisie à un jardinier de la doubler et de la varier, et en quelques années on ne la reconnaissait plus. Il y a telle famille de métayers qui, depuis l'empire romain, se transmet de père en fils son ignorance et sa rusticité invétérées ; mettez aujourd'hui l'enfant au collège, élevez-le convenablement, et il se métamorphosera en petit crevé sans la moindre peine, ou en scribe ou en clubiste, et maniera la parole ou la plume tout aussi bien que son père la charrue.

Ah ! si je pouvais ! Ô Gall, Lavater, Fourier et *tutti quanti*, puissé-je mériter d'être votre élève ! Et toi, petite fleur, puisses-tu m'avoir suggéré la plus grande idée, sans comparaison, de ce siècle et de tous les siècles ! »

Depuis le jour où il fit, sur le problème social, les réflexions qui précèdent, le docteur Samuel négligea entièrement l'agronomie. Enseveli dans une retraite absolue, et au milieu d'une collection de crânes de toute sorte qu'il enrichissait sans cesse, comme Bernard Palissy au milieu de ses émaux, il se livrait, jour et nuit, à des expérimentations sur des animaux vivants, tels que des chiens, des chats, des singes. Une idée fixe l'hallucinait. Il partait de cette observation ancienne que le crâne des nouveau-nés est mou, flexible, aisément malléable ; aussi expérimentait-il sur des animaux à la mamelle, dont il mettait la tête *à la forme*.

En outre, il avait composé certaines drogues, aussi toniques que le café, mais beaucoup plus spéciales dans leurs effets, dont il combinait l'action avec celle des moules métalliques qui servaient de coiffure à ses patients. Je n'insisterai pas sur le détail de ses procédés, qui d'ailleurs se sont malheureusement perdus comme le secret du feu grégeois.

Ce qu'il y a de sûr, c'est que le hasard le servit merveilleusement et qu'il obtint, dès le début, des résultats extraordinaires. Un singe, moulé et drogué par lui, était devenu assez intelligent pour lui tenir lieu de valet de chambre, et joignait même à ses qualités un penchant à l'ivrognerie dont il mourut. Deux de ses chiens apprirent à lire, et un troisième, s'étant échappé, fut pris pour le diable en personne par les habitants de la contrée, qui fuyaient le château comme un enfer. Encouragé par le succès de ses premières opérations, le grand philanthrope résolut de consommer son œuvre. On l'entendait prononcer des mots étranges. Sa mauvaise humeur contre les pseudo-révolutionnaires croissait de jour en jour : « Nos pères déraisonnaient, disait-il souvent ; leur politique consistait à couper les têtes qui les gênaient. C'était couper l'arbre pour atteindre le fruit, la concorde. La politique de l'avenir consistera à faire les têtes, à greffer les têtes. Le meilleur moyen pour s'entendre, c'est de travailler les cerveaux. Il suffira de pincer le ressort intérieur, et le souverain pensera tout ce qu'on voudra. Voilà ce qu'on peut appeler une ère nouvelle. »

Justement, vers cette époque, le docteur devint père, et père d'un gros garçon qui regarda si sottement, pleura si niaisement, téta avec tant de gaucherie dès la première heure de son existence, qu'il fut jugé idiot à l'unanimité par le chœur entier des sages-femmes et des nourrices. Samuel parut ravi de ces marques de sottise, qui devaient mettre d'autant plus en relief l'efficacité de ses découvertes. Aussitôt, et nonobstant l'opposition de sa femme, qui heureusement mourut des suites de ses couches, il entama son travail de transfiguration mentale. Son premier soin fut d'emboîter dans un moule hémisphérique en acier, d'apparence militaire, la tête du nourrisson. On n'avait plus vu de nouveau-né ainsi coiffé d'un casque, avec lequel il couchait, tétait, etc., se donnant des airs guerriers assez amusants. Cela parut d'abord une moquerie à l'adresse de certains képis galonnés et enracinés de la garde nationale du lieu, aussi personne ne soupçonna ce qui couvait sous cette coiffure martiale. Isaac (c'était le fils de Samuel) dut à cette première éducation d'être chauve toute sa vie, chauve-né en quelque sorte. Il garda aussi quelques embarras d'estomac. En revanche, il lui poussa sur le front deux éminences mamelonnées, qui gonflèrent avec l'âge, se tatouant graduellement de sillons entrelacés et hiéroglyphiques. Dès l'âge de deux ans, son père jugea que le casque pouvait lui être ôté. « Je ne suis, se disait-il, que l'aiguilleur de la nature ; maintenant que la voilà sur la voie, laissons-la faire. » Il n'eut pas à s'en repentir.

Je ne raconterai pas les prodiges successifs par lesquels le jeune Isaac parvint d'abord, et ce ne fut pas son moindre mérite, à rectifier l'opinion de sa nourrice sur ses facultés, et plus tard à stupéfier ses professeurs et ses camarades. Il me suffira de dire que, doué de deux admirables bosses, celle du calcul et celle du jeu, il devint le plus grand calculateur et le plus grand joueur, c'est-à-dire le plus grand capitaine que le monde eût jamais vu. À dix ans, il fit le siège de son collège, et obligea son proviseur à capituler. À dix-huit ans, il commandait un corps de francs-tireurs et trouvait moyen, avec ses volontaires, d'accomplir des exploits, notamment de reconquérir l'Algérie et le Sénégal, perdus depuis une cinquantaine d'années, après une révolte d'Arabes et de nègres rebelles aux bienfaits de notre civilisation.

À vingt ans, les douze ou quinze républiques universelles de France étant parvenues (une fois n'est pas coutume) à s'accorder et à déclarer en commun la guerre à l'Angleterre, qui nous menaçait alors, il fut nommé par acclamation généralissime de nos armées de terre et de mer. On n'imagine pas les idées qu'il eut, dans cette campagne immortelle. Il mit définitivement César et Napoléon aux oubliettes. Il reprit le projet napoléonien de descente en Angleterre ; mais avec quels engins ! Non pas avec une flotte de coquilles de noix, mais avec une immense escadre de torpilles sous-marines perfectionnées. Chaque torpille contenait un bataillon et un mois de vivres ; elle était munie d'un tube de caoutchouc dont l'extrémité flottait invisible à la surface de la mer, où elle puisait l'air nécessaire à la respiration. La torpille amirale était reliée à toutes les autres par un système ingénieux de téléphones. Qu'on juge de la stupeur des Anglais quand, cette terrible armée ayant traversé la Manche et remonté la Tamise, ils virent s'élever dans le port de Londres, au milieu des eaux, des myriades et des myriades de petits édifices de cristal qui leur rappelèrent une de leurs anciennes Expositions. Au même instant, en effet, sur un signal de l'amiral, tous les soldats avaient donné un coup de pied vigoureux au lit du fleuve et étaient remontés à la surface. Se cramponner aux flancs des vaisseaux qui remplissaient le port, y monter, capturer la flotte entière, fut l'affaire d'un moment. Avant la fin du jour, la capitale des îles Britanniques était en nos mains, et l'Angleterre capitulait. Il n'y eut pas une lady dans le royaume qui ne gémît dorénavant sur la décadence des mœurs anglaises et l'oubli des bonnes manières, unique cause de ce grand revers.

Sur ces entrefaites, le tsar, aidé de son vassal l'empereur d'Allemagne, profita de notre invasion en Angleterre pour nous envahir nous-mêmes. Grave imprudence, qui permit au général Isaac de donner toute sa mesure. Avant deux mois, par les soins de ce Moltke artificiel, incomparablement supérieur à l'autre, il n'existait plus ni Prusse, ni Allemagne, ni Russie. Il avait inventé une espèce d'artillerie télégraphique dont le détail m'échappe, et moyennant laquelle, tranquillement assis dans un fauteuil du bureau des télégraphes de Paris, il put bombarder à la fois Berlin et Saint-Pétersbourg. Averti par des hirondelles moulées, qui lui servaient d'éclaireurs, de tous les mouvements de l'ennemi, et doué avec cela d'une puissance stratégique prodigieuse, il fit deux millions de prisonniers, avec une telle quantité de canons qu'on en bâtit depuis une pyramide d'acier sur les bords de la Seine.

Inutile de dire que le docteur Samuel avait hermétiquement gardé son secret. Il ne l'avait confié qu'à son fils. L'univers entier admirait les prodiges de ce génie fabriqué de main d'homme, et personne ne soupçonnait les procédés de fabrication. On avait bien remarqué, mais comme une analogie de plus avec César, la calvitie complète d'Isaac ; et ce n'était pas, soit dit en passant, une des moindres causes pour lesquelles, sa laideur aidant, il lui était si difficile de joindre à ses triomphes d'autres conquêtes plus gracieuses. Or, il aimait les femmes de cet amour passionné et malheureux des enfants gâtés pour les étoiles et des cyclopes pour les Galathées. Il trouva cependant une Dalilah, hélas ! et ce fut sa perte. Car elle était payée par Nicolas V ou VI et ne sut que trop bien remplir sa mission. Le czar, alors réfugié à Constantinople, la lui avait expédiée de Circassie, pépinière jadis des sultans. Elle descendait de cette maîtresse de Mahomet que le prophète mourant pria de se mettre debout devant lui, le plus dévêtue qu'il se pouvait, et de lui remplir les yeux d'extase avant de les lui fermer.

Dès qu'il la vit, le conquérant oublia absolument la carte du monde, les merveilles du génie, les prodiges de l'héroïsme, la mort affrontée, la fortune domptée, le réveil après la victoire ; cela ne lui parut plus qu'une ombre renversée du bonheur humain, à l'aspect de ce miracle de beauté. Il fut subjugué à son tour, il fut submergé sous les flots de cette chevelure blonde. Elle était blonde avec des yeux noirs, la perfide. Sur la foi de ces grands yeux noirs, rayonnants de cils d'ébène, quelle méfiance humaine ne se fût endormie, comme s'endort la méfiance du pilote sur la foi des astres du ciel ? Aussi, comme un jour elle caressait les proéminences de son illustre amant, non sans réprimer un léger sourire, elle lui demanda d'où venait sa force. « Tu en tiens la clef, » lui répondit-il énigmatiquement ; et, ne résistant pas à ses insidieuses questions appuyées de douces promesses, il lui dit qu'à la différence de Samson, il devait en partie sa puissance à sa calvitie ; et enfin il lui avoua tout, il lui expliqua la géographie du cerveau, la forme des moules, la recette des drogues… Elle était stupéfaite, mais n'oublia rien.

Elle se garda bien, comme on pense, d'avertir le seul Nicolas de la confidence qu'elle avait reçue. Elle en instruisait secrètement et tour à tour, et à l'insu les uns des autres, les rois et empereurs, détrônés ou non, et les présidents des républiques de toute l'Europe. Chacun d'eux lui paya fort cher la virginité de son secret.

Partout des expériences furent tentées, et partout elles réussirent. Aussi, dans chaque ville et dans chaque village, fut-il avant peu établi un mouleur patenté et le plus souvent breveté en raison des perfectionnements qu'il avait apportés à la découverte première. Quelques États décrétèrent le moulage gratuit et obligatoire ; d'autres le laissèrent facultatif. Les uns et les autres abandonnaient d'ailleurs au père de famille le choix de la bosse qu'il préférait pour ses enfants, pourvu que ce ne fût pas la bosse de l'escroquerie et de l'assassinat, mais bien celle de l'industrie, de l'éloquence, de la musique, de la peinture, des mathématiques, de la physique, etc. Seize ans après ces mesures, l'entrée de toutes les carrières était fermée à ceux qui ne produisaient pas, avec un certificat de vaccine, leur diplôme de moulage de telle ou telle catégorie, ès commerce, ès musique, ès éloquence, etc. Il est à remarquer que, l'opération n'ayant jamais réussi sur les femmes, on fut obligé d'y renoncer à leur égard.

Chacun des États possesseurs du secret fut considérablement désappointé quand il s'aperçut que les principautés ou républiques voisines étaient comme lui peuplées d'hommes de génie. Cependant, il ne manqua pas de publicistes pour faire ressortir les avantages du nouvel état de choses : « Désormais, disait l'un d'eux, le rêve de Babeuf se réalise, et nous fondons la vraie république des égaux. L'égalité de tous, c'est la supériorité de tous. Quand il n'y aura plus dans le monde que des hommes éminents, le suffrage universel cessera d'être une absurdité. Car il faut bien reconnaître que feus nos pères battaient la campagne, quand ils donnaient le même poids au bulletin de vote d'un chiffonnier et à celui de Thiers, quelque arriéré que ce dernier puisse nous paraître maintenant. » — « Soleil, soleil ! voile ta face ! s'écriait un autre, un des bosselés du lyrisme. Éclipse-toi devant la splendeur des génies fraternels ! Nous sommes tous rois, nous sommes tous dieux. C'est non seulement le panthéisme, mais la panarchie. Ô Prométhée ! où sont tes chaînes ! Réjouis-toi ! tu as vaincu ! »

Ces hymnes ne laissaient point d'être un peu prématurés ; et quelques légers inconvénients commençaient à se faire sentir. D'abord, l'influence exagérée du mouleur dans chaque commune. Elle ne tarda pas à exciter la légitime jalousie de l'instituteur, du maire et du barbier. Le moyen de contrarier un homme qui, non seulement peut faire sa tête, mais celle des autres !

En second lieu, le génie, devenu aussi commun que le galon, fléchit considérablement comme valeur. D'ailleurs, le choix des pères de famille ne sortait pas de cinq ou six bosses privilégiées, qui formèrent bientôt une plaie d'Égypte. De là, bien des difficultés. Par exemple, beaucoup choisissaient la bosse du barreau, mais pas un celle de la chicane ; aussi y avait-il fourmilière d'avocats, et point de plaideurs.

Mais la principale cause de conflit vint de la distinction essentielle qui s'établit entre les États qui avaient décrété l'obligation du moulage et ceux qui avaient toléré l'immixtion, dans les rangs de la société, des têtes au naturel. Ces derniers possédaient un avantage énorme sur les autres : la population inférieure, aux cerveaux bruts, travaillait les champs, balayait les maisons, faisait la cuisine, et entretenait les loisirs littéraires, scientifiques, artistiques des cerveaux manufacturés. On mourait de faim, au contraire, dans les pays entièrement décrétinisés, nul homme moulé ne pouvant jamais consentir à travailler la terre, et le nombre des singes qu'on avait songé à mouler pour les soins domestiques étant insuffisant. Ce n'était pas tout : pour des raisons qu'on devinera plus loin, les femmes de tout pays montraient une inclination marquée pour les quadrumanes chevelus et non retouchés qui persistaient encore à usurper le titre d'hommes, tandis que les exemplaires revus et corrigés de l'humanité obtenaient difficilement leurs faveurs. Aussi se produisait-il une émigration féminine irrésistible vers les États crétinistes, c'est-à-dire où l'on trouvait encore des hommes aussi stupides et grossiers que pouvait l'être un académicien des XVIIIe et XIXe siècles.

La jalousie des États tout à fait progressistes n'osa pas s'étaler sans voile. Elle prit habilement une couleur philanthropique qui ne trompa guère personne. Il se forma une société protectrice des crétins, destinée à leur amélioration et à la chute de leurs cheveux démodés qui leur donnaient des maux de tête. Il s'établit aussi des congrégations pour la diffusion des moules et la conversion des gentils.

Enfin, la lutte éclate et on prend les armes. Quelle guerre ! et quels progrès elle fit accomplir encore à l'art militaire ! Glissons sur les détails ; il suffit de savoir que les États crétinistes furent vaincus, et que les États progressistes, loin d'abuser de la victoire, se contentèrent de leur imposer humainement le désir d'émanciper sans retard tous leurs frères inférieurs, par le moulage appliqué à toutes les têtes de tous les âges. Il n'y avait rien à redire à ce but charitable, sinon que, la flexibilité et la jeunesse des crânes étant la condition essentielle du succès, la plupart des opérés succombèrent dans la huitaine et les autres dans l'année. Ce qui fit verser bien des larmes aux philanthropes.

« À quoi bon tant se lamenter ? objecta un darwiniste un peu trop franc. C'est la mission des races supérieures d'absorber les inférieures. Puisque nous voici délivrés de ces rivaux ineptes, il ne nous reste plus qu'à faire subir le même sort à l'Asie, à l'Afrique, à l'Océanie, à l'Amérique, puisque le monde appartient aux plus forts et la force à l'intelligence. » Presque aussitôt fait que dit : l'Europe progressiste envahit les quatre autres parties du monde et extermina tout ce qui ne lui ressemblait pas.

Alors, les poètes furent en droit de célébrer l'Éden retrouvé. Il n'y avait plus dans l'univers entier que quelques millions d'hommes, mais d'hommes de génie, servis par quelques milliards de singes perfectionnés. Ces hommes, occupés à peindre, à faire de la musique, des discours ou des vers, à broder des systèmes métaphysiques et des poèmes épiques qui reléguaient Homère et Platon parmi les enfants à la mamelle, ces hommes paraissaient devoir jouir éternellement d'un bonheur parfait. Le bonheur, en effet, peut se définir comme le génie suivant Gœthe : le bonheur, c'est la fécondité. La joyeuse lumière du soleil est joyeuse parce qu'elle est féconde ; les eaux courantes sont gaies parce qu'elles fertilisent. Comment un homme peut-il supporter sans s'attrister la vue de cette nature inépuisable dans ses créations, s'il ne lui oppose une force comparable, une imagination aussi créatrice ? Et tel est l'homme de génie : il lutte avec la nature, la reflète et la dompte ; il la repousse dans l'ombre par l'éclat des images mêmes et des inspirations qu'il lui emprunte, sorte d'Archimède inouï qui, avec les flammes de ses miroirs ardents, éclipse le soleil dont elles émanent. Le malheur était, dans les âges passés, que le grand homme, toujours seul, s'élevait comme un palmier dans un désert ou l'île Sainte-Hélène au milieu de l'Océan, et ne parlait à ses frères qu'à travers la mort et les siècles qui les séparaient, comme des coqs qui se répondent de loin par un clair de lune. Mais, en ces temps meilleurs, la mélancolie a cessé d'être l'ombre indélébile de la grandeur, et nulle part on n'entend plus la sublime plainte de Moïse :

> Seigneur, vous m'avez fait puissant et solitaire !
> Laissez-moi m'endormir du sommeil de la terre.

Le génie, en un mot, était partout, et le génie était heureux.

Et cependant, je l'ai déjà dit, la fin du monde, je veux dire de l'humanité, est venue de là. Cette félicité fut brève.

D'abord, elle fut troublée par une autre grande guerre, la plus formidable que le soleil eût contemplée, et qui ferma la bouche pour quelques années aux théoriciens de la paix perpétuelle. Les crétins exterminés, tout *casus belli* semblait écarté à jamais ; d'autant mieux que, depuis longtemps, il n'existait plus de nationalités et de frontières, et qu'en supprimant le patriotisme et l'héroïsme, on croyait avoir définitivement clos le temple de Janus. Mais, la distinction des patries abolie, la distinction des classes consommée, il restait la distinction des bosses. Il y avait une bosse importante qui manquait à tous, musiciens, dramaturges, romanciers, peintres, etc. C'était la bosse de l'admiration. On voulait bien être admiré de tout le monde, mais on n'était disposé à admirer personne. Nul ne trouvait d'auditoire, de lecteurs, de spectateurs, de public enfin. Et, comme d'ailleurs, deux autres bosses encore plus essentielles manquaient aussi, deux bosses sans lesquelles, à mon humble avis, la vie sociale n'est pas possible, je veux dire celle de la Bonté et celle du Respect (autrement dit de la Résignation), voici le plan qu'imaginèrent nos Olympiens. Il se fonda des sociétés internationales des bosselés de chaque catégorie. Tous les individus dotés de la même protubérance s'entendirent pour contraindre les protubérances étrangères à les écouter et à les admirer. Le projet était violent, et le procédé ne le fut pas moins. L'humanité étonnée eut donc la guerre des bosses, après celle des religions, des patries et des classes.

C'est à cette époque qu'on s'avisa de revenir aux perruques de Louis XIV, pour déguiser une calvitie qui devenait périlleuse. On reconnaissait, en effet, l'ennemi à sa bosse apparente ; et il était aussi imprudent d'apparaître le front découvert dans certaines compagnies que de se montrer en frac noir jadis dans certaines réunions publiques.

La perruque devint donc bouclier ; mais on trouvait toujours moyen d'éluder cette arme défensive. On passait négligemment la main, sans avoir l'air de rien, sur le crâne de son hôte, et, si on y découvrait le signalement hostile, gare à lui ! Un revolver était appliqué sur la bosse fatale, et on ne lui donnait à choisir qu'entre l'admiration ou la mort.

On se battit donc de nouveau. Le nombre des hommes ayant considérablement diminué, on s'adjoignit des milices auxiliaires d'orangs-outangs. C'est la première fois, depuis les batailles fabuleuses du Ramayana, qu'on vit notre espèce recourir à l'alliance des singes. Ces intelligents quadrumanes n'étaient pas, au reste, beaucoup plus ridicules que d'autres avec le sabre au côté et le képi sur l'oreille.

Malgré les ravages qu'exerça la guerre des bosses, elle ne fut pourtant pas la principale cause de l'extinction de l'humanité : les partis ne tardèrent pas à s'apercevoir de la prépondérance extrême que donnait la lutte armée aux possesseurs de la bosse de l'art militaire. Un congrès se tint à Vienne ; la sainte alliance des Bosses fut conclue : on décida que l'admiration serait une charge publique qui incomberait successivement à chaque parti. On s'admirerait à tour de rôle, comme on monte la garde. Tout le monde s'y résigna.

Aussi jouit-on longtemps d'une paix profonde. Mais alors se révéla un vice très grave inhérent à l'opération crânienne, et auquel le docteur Samuel (de vénérée mémoire) n'avait nullement songé. Il aurait dû néanmoins être frappé de ce fait, que l'églantine, premier objet de ses sublimes méditations, avait perdu, en devenant rose double, une faculté importante : la faculté de se reproduire. L'organisme est un budget de forces : on n'y peut opérer un virement de forces au profit d'un organe qu'au détriment d'un autre organe. — Hélas ! l'événement le prouva trop !

J'ai déjà noté le peu de goût que les femmes manifestaient pour les génies chauves. On doit commencer à se rendre compte de cette antipathie par la réflexion générale qui précède. La nature a ses compensations. De ces hommes si féconds en tableaux, en opéras, en chefs-d'œuvre, il n'en est pas un qui ait pu se glorifier d'être père, du moins après l'élimination de la population crétine. On cita comme un miracle une femme qui devint enceinte. Mais elle accoucha d'un monstre. — C'est que, lorsque les étamines se changent en pétales, il n'y a plus d'étamines du tout. Il aurait fallu prévoir cela.

L'humanité, avec effroi, aperçut sa fin imminente. Après avoir tant proclamé son immortalité et sa divinité, il lui en coûtait d'avouer sa prochaine disparition. Mais partout les rangs s'éclaircissaient ; les peintres exposaient dans les musées déserts ; les prédicateurs prêchaient dans les temples vides ; les grands capitaines ne commandaient plus qu'à leurs orangs-outangs.

Dix ans s'écoulèrent, et il ne resta plus que cent hommes au monde.

Dix ans après, il n'en restait plus que dix.

Et après dix ans encore, il n'en restait plus que deux.

De ces deux, l'un était journaliste des plus distingués. Dévoré de la passion d'écrire, il n'avait point discontinué d'envoyer tous les matins sa copie sur la politique, sur les colonies à exploiter, sur les rapports du capital et du travail, etc., au bureau de son journal, qui paraissait toujours, imprimé par des singes et distribué dans les maisons vides. Quand on est bosselé, en effet, on ne s'appartient plus, on appartient à sa bosse. Il se répondait à lui-même dans une autre feuille publique, et entretenait de la sorte une polémique courtoise, émaillée de compliments mutuels, mais extrêmement vive et intéressante.

Le second des survivants de l'humanité était un avocat éminent, doué d'une admirable bosse oratoire, merveilleusement enflée et ampoulée. Il allait au Palais de Justice tous les jours, et, malgré l'épuisement du rôle, mettait sa robe, son rabat, sa toque, et pérorait des heures entières, tantôt au criminel, tantôt au civil, au grand amusement de son ami le publiciste, qui ne tarissait pas d'épigrammes sur cette innocente manie. De son côté, l'orateur raillait l'écrivain quand même, le comparant parfois à ce grammairien enragé qui, un moment avant de mourir, prononça cette dernière parole : « Je m'en vais ou je m'en vas, car l'un et l'autre se dit ou se disent. » L'écrivain n'était pas en peine de réplique ; et, comme il avait une excellent mémoire, il aimait à interrompre les périodes de l'orateur pour lui citer une ancienne strophe oubliée du poète Barthélémy sur M. de Villèle :

> Si l'astre du sinistre augure
> Qu'Arago voit à l'horizon,
> D'un cheveu de sa chevelure
> Changeait notre globe en tison,
> Villèle, incrusté sur sa place,
> Serait l'homme juste qu'Horace
> Nous peint si calme dans ses vers ;
> Et, narguant la comète errante,
> Il coterait encor la rente
> Sur les débris de l'univers.

Mais le dernier des avocats prenait mal la plaisanterie ; et souvent, l'habitude l'emportant, il lui arrivait de répondre au folliculaire d'un ton de dignité offensée : « La postérité nous jugera. » « L'histoire dira… » Ce qui faisait beaucoup rire son partenaire.

Le journaliste mourut le premier. Seul alors, et délivré d'un railleur importun, son interlocuteur put déployer à son aise ce moi exorbitant qui commençait et terminait toutes ses phrases, et remplissait maintenant tout l'univers. S'étant toujours cru prédestiné à un grand rôle politique, il abandonna le Palais de Justice pour le Palais-Bourbon, où il s'écoutait parler avec une attention suivie, puis pour l'Hôtel de Ville, où il se persuada qu'il présidait une république à laquelle il ne manquait que des républicains. Mais il y avait quantité de singes.

L'ivresse d'une position si exceptionnelle ne tarda pas à lui ravir la raison qui lui restait. Il se mit dans l'esprit que, par la vertu de son éloquence, il pourrait faire revivre les morts. Aussi se fit-il transporter sur les bords d'un grand fleuve, en un lieu où se trouvaient accumulés les ossements d'un très grand nombre d'hommes qu'un fléau terrible y avait jadis frappés ensemble et qui n'avaient pu être ensevelis faute de bras. Il se place sur un tréteau, qui paraissait très solide et qui avait l'air d'un trône, mais qui n'était ni l'un ni l'autre. Là, debout et fier, inspiré par la beauté du site, par la vue des eaux, par la majesté des ruines et des ossements qui couvraient le sol à perte de vue, il fait un geste… et, à ce signe, un grand roulement de tambours de sapajous se fait entendre ; il élève ensuite la voix, et prêche aux trépassés la levée en masse, dans le genre d'Ézéchiel :

« Levez-vous, leur dit-il, levez-vous, mon peuple ! Je vous dis de vous lever. N'avez-vous pas assez dormi ? Ne reconnaissez-vous point l'appel du tambour, gardes nationaux du temps passé ? Est-il possible qu'on oublie de la sorte ce qu'on a entendu si souvent ? Levez-vous, vous dis-je, la patrie a besoin de vous. Levez-vous comme vous pourrez, les uns avec tous leurs os s'ils peuvent les retrouver, c'est le plus sûr sans doute ; mais que les autres viennent aussi ; qu'ils remplacent les os manquants par des manches de bois, des morceaux de fer, de vieux canons de fusils, par ce qui leur tombera sous la main, en articulant le tout le mieux possible. Allons ! courage ! n'ayez peur de rien, on ne meurt pas deux fois ! Levez-vous, ossements régénérés ! »

Et les squelettes n'interrompaient pas, mais ne bougeaient pas. Et de plus en plus exalté, l'entrepreneur de résurrections s'écria : « Aux armes ! aux armes ! » Cette fois, il devenait tout à fait fou. De temps à autre passait un comité de corbeaux allant à la maraude, qui faisaient un grand tapage dont il semblait fier. Rien ne ressemble à un applaudissement comme un croassement. Corbeaux et singes, les uns en tambourinant, les autres en croassant, entretenaient sa folie. Persuadé qu'on l'acclamait, il s'arrêtait un moment, s'essuyait le front, buvait un verre d'eau sucrée, et, avec un geste frénétique : « Aux armes !

répétait-il, aux armes ! » Et les corbeaux croassaient encore, et les singes tambourinaient. Et il reprenait de nouveau : « Aux armes ! levez-vous ! aux armes ! »

Mais, comme il gesticulait, la planche vermoulue sur laquelle il était debout craqua soudain, et, précipité de son trône dans une cavité, il tomba mort. Par un bonheur singulier, il s'était enterré lui-même, la cavité étant très profonde.

Telle fut, ou faillit être, la mort du genre humain.

Les musées débordaient, les bibliothèques étaient pleines, les villes regorgeaient de richesses artistiques d'un prix infini. L'habitation de l'humanité était intacte. L'âme seule faisait défaut.

Et la terre ne cessa point de tourner, le soleil de luire, les oiseaux de chanter ; la création sembla ne pas s'être aperçue que son roi était mort. Passée ainsi de la monarchie à la république, elle s'en réjouit fort, bien que les citoyens loups mangent toujours, comme ci-devant, les citoyens moutons. Il n'y avait que les singes qui eussent gagné à l'événement. Ils s'étaient empressés de se distribuer les places vacantes dans les monuments publics, d'endosser les uniformes des morts, et avaient paru prendre plaisir à cette pantomime macabre.

Je dois cependant, avant de finir, rassurer mes lecteurs. Le genre humain ne disparut pas sans retour. Quelques crétins, sauvés du massacre général, osèrent se montrer après la mort définitive des hommes chauves. Ils formèrent, étant Auvergnats, des familles nombreuses, et peu à peu le monde s'est repeuplé.

TARDE.

29